鼓動

柳堀悦子

邑書林

HEARTBEAT

鼓動＊目次

冬の雷　5
緑の夜　39
春の虹　73
母の文字　121
百合の列　157

家族の鼓動　島田牙城　198
あとがき　206

謹んで

藤田あけ烏先生
黛　執　先生
大峯あきら先生

の御霊に献げます

鼓動

装訂写真……加藤郁美（月兎社）© 二〇一三年撮影
カバー……古川製陶「米タイル・アルプス入り」玉石 昭和三十八年作陶
扉……鈴製陶「マリク／ビオリア型」変形 昭和三十八～四十年作陶
『にっぽん の かわいいタイル』（国書刊行会）所収

冬の雷

二〇〇五年から二〇〇八年

ころころところころがる子らに桜東風

父母と今年の桜見てをりぬ

散る花に鬼門封じの閻魔堂

春風とドレミファ橋を渡りけり

蔓交る沼に朝の日届きけり

薫風や一番竿師渓に入る

常盤木の落葉敷きつめ文士塚

じやがたらの花に雨音ありにけり

じやがたらの花の目覚めに朝の靄

海霧来たり六角堂を包みつつ

緑蔭の千本幟狐塚

飛驒味噌をたつぷりとつけ胡瓜食む

大夕焼窯の煙の染まりけり

終着の駅に杉の香涼しかり

朝の日をゆつくり流す下り梁

武士の叫びと聴こゆ不破の滝

依代のごと枯木星ありにけり

父逝くや空に轟く冬の雷

ぼんやりと父の写真と日向ぼこ

納骨の列ゆつくりと細雪

二〇〇九年

探梅の朽ちし祠にゆきあたる

立春大吉登り窯より赤絵皿

秩父巡礼

梅東風や父の浄土はどのあたり

散る花のひとひら膝に慈母観音

累々と首なき地蔵花の雨

分校の隣は札所花菜風

花菜風母の隣に父のゐし

いちだんとぬた場匂へる夏至の夜

老鶯を「法華経」と聞く妙本寺

極上の涼しさにをり満願寺

はたた神来し山門をぬけてより

迷ひ入りたる「山椒魚研究所」

決めかねて仰ぎてゐたる夕焼かな

新盆の父を迎へし夜の黙

廃業を告げ父の墓洗ひけり

うそ寒や蔵町暗き雨の中

柞山あつけらかんと眠りけり

一陽来福浪花の女口説きたる

二〇一〇年

潸に散る観音堂の野梅かな

押入れの雛かたことしたやうな

雛出す母とふたりに夕明り

振り向けば仏屈めばつくづくし

出来たての畝に散り来る山桜

宿坊の部屋の中まで花吹雪

ぼんやりと窓を見てゐる余花の雨

山の田を満たす湧水夏はじめ

山門に捨て置かれたる葱坊主

夕べには朴咲く山となりぬべし

まだ富士の見えてゐるなり遠河鹿

からつぽの桶の転がる半夏かな

夕焼を拡げゆきけり豆腐売

虫喰ひの茄子大きく育ちけり

ぐわんぐわん唸る窯場の扇風機

暑き夜の赤子のせせる乳房かな

雷の生まるる山に住みにけり

赤松を滑り落ちたる稲光

山越えて鶏鳴高き葛の寺

大天狗小天狗山の空高し

深山の月の育むましら酒

万屋の主人寝てをり文化の日

大根を抱へて帰る日暮かな

思ひ出に身をしづめゐる柚子湯かな

大空のがらんと碧し山眠る

関八州山のずらりと深眠り

緑の夜

二〇一一年

一生を防雷事業に捧げた父へ　六句

梅東風や好文亭の避雷針

春雷や陽明門の真向ひに

きつかけは牛舎に落ちし雷ひとつ
入道雲ぱちぱち光放ちけり

夕顔の闇の向うに何がある

笑ふ父心にをりて盆用意

二〇一二年から二〇一三年

女正月母と覗きし印伝屋

凍滝の動かぬ音の聞こえけり

朝採りの菜よりこぼるる春の土

ちりぢりに草に消えゆく子蟷螂

行く夏やプルシャンブルーの大絵皿

鯛や名刀並ぶ屋敷蔵

秋灯ボンボンショコラ売る店に

父の座に月見団子を置きにけり

葉月なる通天橋の風の中

秋深し箱根細工の鉋屑

二〇一四年

斑雪野に置いてけぼりの猫車

春暁や宇治橋渡り神の域

甲斐駒の姿まだ見ゆ緑の夜

釣り人を残して暮るる夏の川

西日差す畑に転がる空バケツ

月明や赤海亀の来る浜辺

秩父夜景　三句

星冴え冴えと大詰めの村歌舞伎

冬花火轟き神馬嘶けり

荒神事終へたる馬の息白し

二〇一五年

八ヶ岳　七句

中天に星ありどんど崩れたり

祈りたる掌かざす榾火かな

はだれ野の罠に残りし獣の毛

産衣に背守りを縫ふ緑の夜

渓隔て蛍合戦始まりぬ

松茸を探すいつもの山にかな

流星や眠る赤子の片ゑくぼ

崩れたる山の迂回路穴まどひ

二〇一六年

海を見る母に傾げる春日傘

母を待つ窓にたっぷり春夕焼

指差して赤子に見せる春の月

乳呑み子の確かな寝息緑の夜

麦秋の讃岐に目指す結願寺

いつまでも肩を離れぬ西日かな

木葉木菟鳴いては森を濃くしたる

身に沁むや母の指輪の珊瑚玉

畑より連れて帰りし雪婆

二〇一七年

獅子舞の来るぞくるくる赤子泣く

一斉に啼き出す鳥冬果つる

梅の香の梅を離るる日暮かな

日脚伸ぶ大縄跳びの輪の中に

神鏡のやうな満月冴え返る
ふらここや空も大地もこの風も

しきりなる落花の中に父を見し

母同居

亀鳴くや母のうたたた寝夕まぐれ

雉子啼くや軍茶利堂のあるあたり

滝壺に落つる水音夜叉のこゑ

日は天に那智の大滝轟けり

太梁の闇を住処に守宮かな

はたた神過ぎゆく闇に赤子鳴く

秋茄子の夕べの畑に出てゐたり

黄鶲のこゑ透きとほる杵山

深吉野の一木一草秋深む

黄落や谷中銀座の焼鳥屋

山のこゑ風の声聞き薬喰

金星に寄りそふやうに冬の月

母とゐる今のこのとき冬日濃し

陽だまりの笑顔が似合ふちやんちやんこ

春の虹

二〇一八年

ミッキーもミニーも浮かべ初湯かな

冬銀河獣捌きし川の瀞

星空や犬と翁の猟師小屋

悪女てふ黒志野茶碗春みぞれ

蠟梅を見てゐる母を摩りけり

堅香子の透きとほりたる日向かな

啓蟄の煙がのぼる八ヶ岳

誰よりも負けず嫌ひな揚雲雀

雲雀鳴きラジオ体操第二へと

高からぬ山連なりて笑ひけり

虚貝拾ふ皇居の春の水

貼り紙に仔犬あげます春の風

辛夷咲く甲斐駒ケ岳正面に
はくれんの雨となりたるバスを待つ

母に出す粥に添へたる木の芽和

鳥雲にじつと動かぬ氷川丸

母と住むこの町が好き春の虹

山桜雨をはじきて開きたる

ゴム跳びの目の高さなる春夕焼

のの様に子どもとかくる甘茶かな

桜蘂降る赤土の飛鳥山

武者幟掲げ坂東日暮れたり

桐咲くやこれより神の坐す山

すれ違ふ路面電車や新樹光

点滴に繋がれし夫緑の夜

えごの花雨降るほどに悄然と

八ヶ岳　七句

軽トラでそろそろ帰ろ閑古鳥

次女　陽子　第三子出産

青梅雨のあしたた産声あがりけり

川音のたかぶる夜の蛍かな

あかときのまむらさきなる茄子かな

その奥に巣穴がありて草いきれ

親も汗赤子も汗の授乳かな

兄の持つ帽子の中のきりぎりす

水打つや前座始まる演芸場

山葵田を抜けて行くなり鬼蜻蜓

炎ゆるまま乾びてをりぬ唐辛子

潮満ちて東京湾の鰯かな

太鼓焼ふたつに割つて母娘

年惜しむ父の声ある録音機

海の音連れて来たりし鯨売

マスクして飛び乗る朝の山手線

二〇一九年

摩尼車母と回して三日かな

旭山動物園　三句

春くるとしきりに騒ぐ籠の鳥

春雪を踏みて皇帝ペンギン来

残雪を蝦夷黒貂の黒眼

八ヶ岳　十句

雪しろや畑に散らばるトラクター

雪解山牛を放てば空の青

野火のあと燻つてゐる八ヶ岳

今朝生れし卵でとぢる土筆かな

棒道を野武士駆けたる花月夜

手花火に吸ひ寄せらるる顔と顔

羚羊の角の短し夏霞

長き夜や明日は出荷の作業小屋

白菊の固き蕾を出荷せり

八ヶ岳空の端より天の川

つくしんぼ墓に童女の名がふたつ

春昼やミルクにとける角砂糖

大利根の砂塵巻き上げ春日落つ

酒蔵の土塀の割れ目黄砂降る

黄砂ふる一塊の象の群れ

礼拝堂へ花冷の廊下かな

枝はなほ水に傾き松の芯

青黒き麒麟の舌や若葉風

町医者の看板古し立葵

楊梅の実る太古の地層かな

虫干や削り直せし桐箪笥

泥炭の沼や蛍の鼓動めく

夏逝くや鳥の群るるテレビ塔

凶御籤焚き上げてなほ厄日かな

交差点手向の花の白桔梗

小鳥くるこくりこくりと母の昼

悼　黛執先生

月白や丹那盆地に鹿の啼く

翼竜の骨格化石星流る

鵙鳴くや甕に貯め置く山の水

白帝や重さで選ぶ中華鍋

マンモスの臼歯の化石秋の昼

食ひ初めの朱塗の膳に稲穂かな

星の夜の庄内平野落し水

かりがねの畑に漉き込む油かす

色変へぬ松や白鷺動かざる

秋耕や武甲颪のくる前に

木の葉散る江戸の富士塚八合目

コロッケを買うて菊坂冬日和

レンガ塀巡る庭園冬日和

晩餐の写真が並ぶ冬館

長女 栄子 妊娠

小春日に水天宮の巫女の鈴

父の忌や冬晴の富士遠からず

夕映の杜にこゑある冬至かな

熊肉のカレーを煮込むマタギ小屋

母の文字

二〇二〇年

朝採りの青菜加へし雑煮かな

岩盤を摑む大樹や寒北斗

立春大吉ポケットにハーモニカ

春の雪象の背中に溶けゆけり

崩れたる蔵の漆喰春の雪

白梅や昏れをうながす鳥の声

母の爪切りぬ馬酔木の咲く昼に

母に出す鰆焼きけり外は雨

堅香子の花咲く夫の退院日

棒切れで描く道順花の山

花の夜や手縫ひマスクに刺繍して

春眠し母のとなりに日暮まで

短夜のぬた場に光る獣の目

亀鳴くや九九を唱へる母の昼

のどけしや雲に近づく観覧車

掘り立ての筍茹だるドラム缶

母の日や百歳まではあと九年

緋牡丹の芯まで濡れて崩れたり

買出しの荷物をほどく夕薄暑

夏至の日の水の凹みに鯉の口

戸袋の奥を動かぬ守宮かな

形代に母の名前を書きにけり

まだ泣かぬ昼寝覚めたる赤ん坊

バスを待つ白シャツの列白マスク

赤き舌青き舌出しかき氷

無口なる男と食べる心太

日捲りをためてめくりし夏の果

夕闇の富士より高き秋桜

藻塩ふり味の濃くなる新豆腐

開け放つ厨抜けゆく秋の蝶

いなびかり畑に大きく亀裂あり

外壁のアンモナイトは月浴びて

夜咄や柱時計の釘の痕

峰雲は日に照らされて神の留守

神留守の能登の塩竈沸きたてり

寒き朝寝床の母に出す緑茶

木枯や筑波嶺青く空蒼く

義太夫の鼈甲の撥小夜時雨

しぐるるやかがみひとつの理髪店

廁には烏蒭沙摩明王小六月

外套に三峯山の「氣」の守り

鮟鱇の皮も残らぬ鍋の底

くしやみして背中より入る風邪の神

注連売と交はす景気の話など

二〇二一年

初鍬や一打にあがる土埃

唐松の古巣に残る風切羽

はたた神そろそろ母のもどる刻

八ヶ岳　四句

押入に子らは籠城夏休み

みんみんの声の遠くの雲黒し

秋暑し蔦の絡まる草刈機

銀漢の真下柔道場の子ら

石橋の千歩を渡る秋の風

栗ひろふ母と夕べの風の中

仏足石色なき風のなぞりゆく

坪庭の陶のテーブル小鳥来る

十円で通ふ駄菓子屋秋ともし

里芋の小芋孫芋親の芋

輪郭は少し父似の案山子殿

十一月　母の急病　心不全　コロナのため面会叶はず

ややや寒のポケットの鍵握りしめ

小春日の机に母の日記帳

雲州の浜に日矢差す神の旅

神在す稲作の浜の砂紋かな

神渡大注連縄に日の当たり

甲斐犬の吐く息荒し冬銀河

熊出しと告ぐる下山の男かな

冬枯や河川工事のショベルカー

日記果つ皆健在と母の文字

百合の列

二〇二二年

孫ひ孫揃ひて母のお元日

屠蘇酌みて母の天与を祝ひけり

集落のどんどの櫓寒北斗

村正の波紋の鼓動冬ざるる

寒肥の湯気もろともに猫車

底冷や閲覧室の稀覯本

薄氷を割つて始まる禊かな

冴返る森に丸太のベンチあり

靴底の春泥ぬぐふ三角点

啓蟄や黒飴舌に転がして

恋猫の翡翠色せし眼かな

春満月ピーターパンを待つてゐる

やはらかき風を纏ひて竹の秋

春の闇レコード盤の針の音

花屑のどこまでつづく風の道

雲かかる由布の雌岳や桜狩

昼からは桜吹雪のど真ん中
おにぎりを欲しがつてゐる鳥の子

遠足のしんがりの子と先生と

菊畑に八十八夜の水を撒く

すつきりと湯桶の並ぶ菖蒲風呂

鯉のぼり立てて奥多摩駐在所

深く吸ふ海の匂ひや夏はじめ

初夏の欅通りにバスを待つ

やはらかき文字の条幅若葉風

花桐や煙のあがる美濃の窯

狼を祀れる山の花空木

母節江 九十二歳

新樹光母は塗り絵をしてをりぬ

孫弓真　二歳

ベンチにもミニーと座り薄暑かな

短夜の鶏狙ふ鼬かな

明易し大豆を浸す水の綺羅

武甲山けむり卯の花腐しかな

玉葱をわんさか掘りて画眉鳥鳴く

忍冬に鉄柵の錆臭ひけり

落武者の隠れ居のごと水鶏の夜

湿りある貴船の茅の輪潜り抜け

萬緑の句碑あるところ山毛欅峠

氷水ミルクをかけて凹みたる

新じやがを抱へて帰る夕明り

琵琶湖畔　六句

藻の花の下をぐにやりと鯉の鰭

飲み比べかばたの水の涼味かな

切り分けて生水の郷の冷奴

子の泣いてをり炎天の竹生島

蛇出づる連絡船の出る時刻

神木の軋む音する大南風

ポストまで高砂百合の列をゆく

雲の峰愛馬出征哀悼碑

新涼や朝のラジオのアコーディオン

塩むすびにぎる子らの手敗戦日

刈り取りし小菊束ねて盆の市

新盆や岐阜提灯の矢羽紋

処暑の朝体内時計の在りどころ

月見草咲いて「猫バス」来る予感

白桃を食みて平熱戻りたる

算額の文字は真四角九月来る

八朔やなかなか卯で食べる親子丼

酔芙蓉揺れて午後から曇り空

八ヶ岳　六句

唐黍に残る獣の歯形かな

生みたての地卵集め秋に入る

水澄むや磨きて作る骨角器

天窓に星の流れて行きにけり

高原の星の育てし菊畑

月浮かべゆるき波ある秋の湖

小鳥来る母の手を引き美容院

豊の秋食後の母は眠り姫

母の顔明るくなりし後の雛

臭木の実パチパチ踏んで朝六時
実柘榴の爆ぜて淋しき夜となりぬ

檜の木に焔のごとき毒きのこ

身にしむや靭葛の縁に蟻

落ちてすぐ流れに乗らむ黄葉かな

里人樽俎　五句

鶴橋の店主無愛想走り蕎麦

喧嘩して泣いて帰る子石蕗の花

神の留守スマホ見てゐる占ひ師

御座船や桜落葉の波を立て

串カツのソースたつぷり冬ぬくし

鼓動

畢

【『鼓動』管見】

家族の鼓動

島田牙城

「物」の中心に迫り、おほどかに摑み取る俳句の寶庫、柳堀悦子さんの句集『鼓動』にちりばめられてゐる好きな句を拾ひ集めてゐて、僕には「立句」といふ言葉が浮かぶ。本來の意味からは離れ、大正期の俳人、蛇笏さんや普羅さんらの俳句の立ち姿をして「俳句が屹立してをる」といふ意味で立句と呼ぶことがある。その意味での立句。『鼓動』は實に天晴れな句集なんだ。

第二章「緑の夜」の章題の一句だから、俳句が面白くなつてきた頃か、

甲斐駒の姿まだ見ゆ緑の夜

といふ句がある。八ヶ岳の諏訪側の麓に、娘さんご夫妻の菊農園があるらしい。繁忙期、悦子さんはよく手傳ひに行かれる。その折の作だらうか。とすると、甲斐駒は南南西か。東の空が暮れきつてゐても、南側にある南アルプスの黄昏の稜線には、まだほのかに明るさが殘る。理屈ではなく、農に勤しむ者の體感だ。この體感、夏至に近い頃に添ふ。飯田龍太さんが好みさうな句と言うてもよい。凛としてをる。これは、甲斐駒だからといふのではなく、「姿まだ見ゆ」と言ひ

切つた中七の强さによるものであり、悦子俳句の本領だと思ふ。しかし、雄雄しいといふのでもない。柔らかな綠の夜を思ふにつけ、「婉麗」といふ言葉も突いて出てくる。すると僕の背筋がぐんと伸び、豐かに廣がる綠の夜に吸ひ込まれてゆく。

世に俳句的な人、短歌的な人といふ俗説がさまざま語られる。このジェンダーフリーの時代になんだ、とは思ふけれど、一應わかりやすい說明で、俳句は男性的、短歌は女性的なのだと言ふのが、この俗說のいやらしさではある。そんなことは偏見でしかないのだから、うん、東男に京女なんて言ふ偏見もあるな、これもどうでもいいのだけれど、悦子さんが東女であり、實に俳句的な方である、と言ふことは、悦子俳句の本質を衝く言葉だと思ふから、語つておいていいのかもしれない。立句を詠める女性を求めてゐた俳句と悦子さんが、出會ふべくして出會うたのだ、と言ふことにつながらうか。書き出しなので、豫感として書き留める。

よく似た構圖の句に、

まだ富士の見えてゐるなり遠河鹿

がある。ごく初期の句だ。「遠河鹿」がなんとも自然に据わつてゐて心地よい。空氣の澄みがそのままに心の澄みなのだらう。「遠」の一字が富士山の遠さまでをも傳へてくれてゐるやうだ。

八ヶ岳側からは、甲斐駒へ遮るものがない。しかるに富士山へは間に里山があつたりして所により隱れてしまふ場合もある。ご息女の菊畑からはよく見えるのだらうか。暮れつかた、一日の仕事を終へて腰を伸ばした時に見る富士山が、その日の充實の證として聳え立つ。

富士の姿は誰もが知るやうに孤峰であるけれど、八ヶ岳側から見る富士は多くの里山を從へてゐるやうに見える。富士にしても孤りで立つてゐるわけではないことを、こちら側から見た時に教へられる。富士山にも家族がゐるといふことか。

僕がタイトルとして推した句はこれ。

泥炭の沼や蛍の鼓動めく

三重構造を成す壯大かつ、命にとても優しい一句。生物と鑛物といふ違ひは、俳人にはあまり意味をなさぬだらう。泥炭は地球といふ悠久の命の營みのなかでも、僕たちにその青壯年期を想起させてくれる植物の堆積泥だ。そのままでも干せば燃料になるし、十億年も待てば黒光りする石炭にもなるだらう。その過程の硬くも柔らかくもある泥。僕が知るのは、上田秋成の「邪性の淫」の地である熊野、浮島の森といふことになる。島ひとつ丸々泥炭として沼に浮く。鑛物の塊たる地球は、億年といふ單位で生きてゐる。その沼に遊ぶ儚さの象徵のやうな螢。螢も動物だから體液を持ち、それを循環させる管を備へてゐる。調べると、心臟とは言はないやうだが、背管といふ部分がそれを擔ふとある。ぼくたちには聞こえることのない鼓動もきつとあるだらうが、悦子さんは今、自身の、人の、家族の、その一人ひとりの鼓動を、螢の明滅に感じてをられる。

螢は何匹飛んでゐたのだらう。その數は、讀者それぞれの鑑賞眼の裡にある。一匹と讀むときの孤獨の靜寂《しじま》もいいが、數匹、いや、萬の螢が飛び交ふ沼を思うてもいい。鼓動が鼓動を呼び、ささめきあふ中に、自らの身をそつと預ける。そして、家族を思ふ。その時、甲斐駒も富士もが、さう、大地が家族の一員となる。

短いここまでの鑑賞で、僕は「家族」といふ言葉を多用してをる。多分この句集をすでに何度も讀み通してきた副作用なのだ。『鼓動』は家族の句集でもあつた。

梅 東 風 や 好 文 亭 の 避 雷 針

何も知らなくとも、水戶偕樂園の青空へ讀者を誘なうてくれる好吟だ。天を指す避雷針が心を引き締めもしてくれよう。

悦子さんのお父さんは、避雷器機の發明家であり事業家であられたといふ。俳句を始めた直後にお父さんを亡くした悦子さんは、事業を手傳うてもをられたやうで、亡くなられた翌年には、

決めかねて仰ぎてゐたる夕焼かな
新盆の父を迎へし夜の黙
廃業を告げ父の墓洗ひけり

といふ連作を作《な》す。避雷器機の販賣施工だけなら續けることもできたらうが、發明といふ、學問の積み重ねの先にある閃きに加へ、それを新たな形として生み出す術は繼げなかつたのだ。苦澁

の選擇ののちに仰ぎ見る避雷針。好文亭や東照宮陽明門の避雷針もお父さんの仕事だと聞いてゐる。避雷針を目にする悦子さんが、そこにお父さんの俤を重ねてゐることは確かだらう。

きつかけは牛舎に落ちし雷ひとつ

といふ句も、お父さんの研究や仕事のことを知れば讀みが變はつてくる。

梅東風や父の浄土はどの辺り
夕顔の闇の向うに何がある

と詠み繼ぐ悦子さんにとつて、お父さんはどこまでもあちらの世で生き續けてをられる。

お住まひの武藏國飯能は秩父地方に隣接する。闇も深からう。そこに眞つ白な夕顏の花が開き咲く。この花の透明感は、閃光のやうな清冽さを祕めてゐるではないか。花を父との通ひ路の入り口と幻視してゐる悦子さんが、闇のこちら側に佇んで見える。その影が、お父さんの住む淨土へと、今にも渉つて行かんばかりに迫つてくる。そして僕は、悦子さんのお母さんのことを思ふ。

日記果つ皆健在と母の文字

といふ句がある。この句集に先驅けて編まれた册子句集『風が吹く』（本年五月、明日の花舍）の著者、加藤節江さんが悦子さんのお母さん。「皆健在」と書きながら、節江さんはすでに十年以上前、伴侶に先立たれてゐる。けれど、節江さんにとつても、夫は淨土で健在なのであらう。

この「日記果つ」には、來るべき年への希望が滿ちてもゐよう。「皆健在」は今年の日記最終行に母の綴つた言葉だが、悦子さんにとってこの一句は「母健在」の頌《ほ》め歌としてある。

かつ、この句が章を、そして年を跨ぎ、

孫ひ孫揃ひて母のお元日

といふ句を誘ひ出す仕掛になつてゐるのもおもしろい。節江さんの胸中が自づと知れるではないか。それを十七音に書き取る娘、悦子さんの慈しみの心に、僕たち讀者は寄り添へばいいだけだ。
『風が吹く』の巻末に寄せたエッセイ「母の結婚」に、
父の家業に振り回されたせいでもあったのだが、仕事の話以外、母と二人で会話をした記憶は乏しい。
と、悦子さんは忸怩たる思ひを記した。

春眠し母のとなりに日暮まで

今はこんな母娘として、日々を充實のうちに樂しまれてゐる。幾星霜を思ふ。

ところで、俳句の良さに短さと切れがある。「短いゆゑに切れが必要とされた」などといふ難しい話はしない。潔く言ひ切る勇氣無くして、俳句は作れないといふことをのみ、「短さと切れ」に感じればいい。ポツンと漏れる獨り言や呟きとは、そこがまるで違ふ。句集では、今まで抜いてきた句もおしなべてさうだが、世界を鳥瞰してゐるかのやうな大景であつたり、季語を鷲掴みにする骨太の作品が到るところに現はれ、この俳句の良さが遺憾無く発揮されてゐる。

関八州山のずらりと深眠り
梅の香の梅を離るる日暮かな
春雪を踏みて皇帝ペンギン来
銀漢の真下柔道場の子ら
身にしむや靭葛の縁に蟻

新たに各章より一句づつ抜いてみた。「どうした」を言はない俳句がここにあるんだ。前三句には取り敢へず動詞や副詞が添へられてはゐるが、後ろ二句には主體の敍述に動詞がない。「子ら」がどうした、「蟻」がどうしたといふことよりも、そこに子ども達や小さな生き物が、確かにゐる、健やかに命を育んでゐる、そのことこそが悦子俳句の核なのだと思ふ。

「春雪」の句、「皇帝ペンギン」の愛らしさは格別ではないか。皇帝にお父さんが、ペンギンにお孫たちが隱喩されてゐるなどと言ふのは深讀みに過ぎるが、悦子さんは命を大きく包む慈母として、そこに共に立ち、見守ることをこそ、自らの鼓動としてをられるのだらう。

『鼓動』は、もつとも俳句らしい姿を僕たちに示してくれてゐる。手本と言うていい。婉麗なる立句といふ悦子俳句のもち前は、本物である。
あと少し、好きな句を抜いておく。いい句集が世に出る。何より身近の指導者に恵まれたたまものだらう。おめでたうと、四歳年下の「弟」として、申し上げる。

いちだんとぬた場匂へる夏至の夜
軽トラでそろそろ帰ろ閑古鳥
残雪を蝦夷黒貂の黒眼
黄砂ふる一塊の象の群れ
月白や丹那盆地に鹿の啼く
父の忌や冬晴の富士遠からず
白梅や昏れをうながす鳥の声
峰雲は日に照らされて神の留守
ポストまで高砂百合の列をゆく
串カツのソースたつぷり冬ぬくし

二千二十三年六月七日　白紙忌の夜に

あとがき

句集『鼓動』は、私の第一句集です。

父方の叔父、加藤達四郎に勧められて俳句を始め二十二年になります。

私の祖父は父方は俳句、母方は美濃狂俳を吟じ、ふたりとも稼業は全て家人に任せて俳諧にのめり込んでいました。二人の祖父の姿をみて育った私ですが、俳句には興味がありませんでした。

電気店をやっていた父は神社仏閣、酪農の雷の電気事故が多くなっていることに気がつき被害を防ごうと、避雷機器の発明もしていました。全国の落雷事故を無くすことが父の夢でした。雷鳴を聞くと双眼鏡を持ち出して外に飛び出して観察する父、落雷があればどこへでも飛んでいく父、私は研究熱心な父が大好きでした。結婚後も実家に通って防雷の仕事に打ち込む父を母と一緒に支えていました。しかし父はその志し半ば、突然の事故のために亡くなりました。その時に私の心に空いた大きな穴を埋めてくれたのは、父の死の数年前に叔父から勧められて始めていた俳句でした。

俳句の師にも先輩にも恵まれ、句友もだんだんと増え、楽しくなり気がつけば祖父たちのように俳句にのめり込むようになってきました。二〇一四年に次女夫婦が八ヶ岳高原で菊農家を始めたことをきっかけに、縄文文化圏諏訪地方での吟も増えてきました。自然の中に身を置いて、その鼓動を聞きながら思いを巡らす俳句の世界に魅了されました。

最近は同居の母も俳句を始め、ふたりで俳の世界に遊んでいます。毎日のふたりの会話も増えてきました。

今年五月、九十四歳になった母は句歴二年にして『風が吹く』を上梓しました。

慢性心不全なのでいつ鼓動が止まるかわからないと主治医に言われながらも、心配する私をよそに毎朝、ぱちっと目を覚まし、すこぶる元気にデイサービスに通っています。

今回母娘ふたりの句集を上梓するにあたりまして、毎月句座をともにして頂いている「汀」の井上弘美先生、杜の会・二木会の皆様。「晨」東京句会の皆様。ながさく清江先生の超結社「桜田句会」の皆様。「すはえ」旧上智句会の皆様。同人誌「里」の里人の皆様。いつも母を応援してくださいます全国の句友の皆様に、心より感謝申し上げます。句稿整理や句集名『鼓動』など万端のご尽力を賜りました邑書林の島田牙城様、黄土眠兎様に深くお礼申し上げます。

装訂のタイルの写真を、著作『増補新版にっぽん　の　かわいいタイル　昭和レトロ・モザイクタイル篇』の中から快く提供してくださいました従姉妹でタイル評論家の加藤郁美様にお礼申し上げます。

最後に、私をいつも支えてくれる夫とふたりの娘たちに、心より感謝を致します。

二〇二三年六月十日

柳堀悦子

母・加藤節江と共に

柳堀悦子（やなぎぼり えつこ）

一九五三年一月　東京都生

二〇〇一年　藤田あけ烏主宰「草の花」入会

二〇〇五年　黛執主宰「春野」入会

　大峯あきら代表「晨」入会

　大輪靖宏代表「上智句会」入会

二〇一七年　井上弘美主宰「汀」入会

二〇二一年　「里」入会

二〇一七年　第三十二回国民文化祭・なら深吉野大会　実行委員会会長賞受賞

現在　「晨」同人　「汀」会員　里人

　地域俳句会「赤とんぼ」講師

　日本伝統俳句協会会員

現住所　〒357-0041　埼玉県飯能市美杉台1-21-7

句　集　鼓動《こどう》
著　者　柳堀悦子
発行日　二〇二三年七月二十日
発行者　島田牙城
発行所　邑書林《ゆうしょりん》
661－0035　兵庫県尼崎市武庫之荘一の十三の二十
電話　〇六 - 六四二三 - 七八一九
ファックス　〇六 - 六四二三 - 七八一八
郵便振替　〇〇一〇〇 - 三 - 五五八三二
Eメール　younohon@fancy.ocn.ne.jp
ネットショップ　http://youshorinshop.com
印刷・製本　モリモト印刷株式会社
用　紙　株式会社三村洋紙店
定　価　二九七〇円（本体二七〇〇円）
図書コード　ISBN978-4-89709-941-5